퇴근길, 바람

퇴근길, 바람

발행일   2017년 2월 24일

지은이   박 재 수
캘리그래피   황 진 하 / 일러스트 이 필 수
펴낸이   손 형 국
펴낸곳   (주)북랩
편집인   선일영   편집   이종무, 권유선, 송재병, 최예은
디자인   이현수, 이정아, 김민하, 한수희   제작   박기성, 황동현, 구성우
마케팅   김회란, 박진관
출판등록   2004. 12. 1(제2012-000051호)
주소   서울시 금천구 가산디지털 1로 168, 우림라이온스밸리 B동 B113, 114호
홈페이지   www.book.co.kr
전화번호   (02)2026-5777   팩스   (02)2026-5747

ISBN   979-11-5987-427-7 03810(종이책)   979-11-5987-428-4 05810(전자책)

이 도서의 국립중앙도서관 출판예정도서목록(CIP)은 서지정보유통지원시스템 홈페이지(http://seoji.nl.go.kr)와
국가자료공동목록시스템(http://www.nl.go.kr/kolisnet)에서 이용하실 수 있습니다.
(CIP제어번호 : CIP2017003737)

퇴근길, 바람

박재수 시집

북랩 book Lab

I. 직원이 사표를 내는 날 / 009

II. 쌀뜨물 / 045

III. 조개 해감 / 073

I

직원이
사표를
내는 날

퇴근길, 바람

그래
이 바람이다

이 차가운 바람이다

사업을 하겠다고 회사를 뛰쳐나와
새 사무실에 혼자 덩그러니 앉아 있다가

어딘가에 있을 고객을 찾기 위해
길 위로 나와 돌아다닐 때
맞던
맞서던

인생의 냉정한 거절을
온몸으로 느끼게 했던
그 바람이다

그때
두껍게 입은 옷은 뭐였길래
등짝이 그리 시렸던가

트라우마처럼 그때가 생각나서
쌀쌀맞은 표정으로
모른 척 지나쳐 버리려다
화해의 악수를 청한다

영문 모르는 그 바람에게

회사를 시작하면서 겪은 어려움은 컸다. 정신적으로는 괜찮다고 스스로 의지를 다졌지만, 육체적으로는 매우 힘들었던 것 같다. 직장 생활과 달리 회사를 꾸려나간다는 것은 불확실성 앞에 몸을 던지는 것과 같았다. 그때가 겨울이라서 그 고통은 더욱 처절했다. 퇴근길 스쳐 지나가는 바람에 그때의 생각이 났다.

직원이 사표를 내는 날

직원이 사표를 내는 날 아니
퇴사를 통보하는 날

나는 직원에게 심판받는 불쌍한 영혼이 되어
그들이 읽어 내려가는 심판문을
묵묵히 아니
겸허한 마음으로
들어야 한다

나가는 사람 잡지 않으리라 굳은 다짐을 하지만
왜 나가느냐고
꼭 나가야 하느냐고
때로는 진지하게
때로는 절차에 따라
물어야 한다

노련한 이별 전문가가 된 나는
이미 마음속으로 애도 기간을 선포하고
이별을 준비한다

저 이번에 유학 가게 되었습니다
재충전을 위해 쉬려고 합니다
시집가려구요

거덜 난 노름꾼에게 개평 던져 주듯
그들은 어디선가 설득력 있는 이유를 찾아와
위로의 말로 나의 등을 두드려 준다

그동안 고마웠다
마지막까지 최선을 다해 줘

후련한 판결을 마친 재판장처럼
그들이 씩씩한 모습으로 퇴장을 하면

나는 그들을 위해
나를 위해

기도하는 것도 잊고

일부러 가장 급한 이메일을 골라
숨 한번 몰아쉬고
애써 바쁜 척한다

사람이 떠난다고 할 때는 마음도 쓸려 내려간다. 사람이 떠
난다는 것은 그와 함께 한 모든 것이 사라지기 시작한다는
것을 의미한다. 삶의 의미, 가치, 감정, 생각, 가치관 모든
것. 그러기에 아무리 짧은 만남이라 할지라도 소중하다.

꽃

거기에
꽃이 필 줄 몰랐다

기분 나빠 침 뱉고
스트레스 받아 담배꽁초 집어 던지고
술 취해 오줌 갈겼던

그곳에
꽃이 필 줄 몰랐다

돌아온 강아지가
자기 버린 주인을
반가워하듯

나는 괜찮다고
미안해하지 말라고

출근길
햇살 아래서
남모르게
환하게 웃어 주는

그래서
미안하고
고마운
이름 모를 꽃

내가 버린 그곳에
피었네

출근길, 꽃 하나가 나를 기쁘게 한다. 환한 아침 햇살을 받으며 조그맣게 피어있는 꽃. 그런데 꽃이 있는 장소는 아름다운 정원이 아니다. 후미진 곳, 사람들이 외면한 곳, 오물을 버리면 딱 좋을 곳이다. 그런 곳에 핀 꽃이 대견스럽기도 하고, 고맙기도 하고, 미안하기도 하다. 머리를 숙이게 한다.

교대역 술집 거리 밤 풍경

스스로의 무게로 처진 전선들을
전봇대가 무겁게 어깨에 지고 있다

그 아래
하루 일과를 마친 사람들이
기다렸다는 듯이 모여든다

특별히 좋은 술집이 있는 것도 아니건만
지하철 2호선과 3호선이 겹치는
교대역은 입지가 좋아
밤이면 늘 사람으로 붐빈다고 했다

벌건 얼굴
헤벌레한 표정으로
서로의 어깨를 부대끼며
지나가는 자동차와 엉덩이를 부대끼며

그렇게 모여

술을 마신다

오늘 왜 이리 술이 잘 받냐

나는 안주 필요 없어

내가 믿는 건 너밖에 없다

그것만은 알아주라

그간 마음속에 묵혀 두었던

감정들을

이야기들을

나누면서 아니

독백하면서

두려운

내일을 잊고 싶어 한다

그러다가
밤이 깊어지고
인내가 얕아지면

외로운 그들은
괴로운 그들은
하나 둘
조용히
전봇대로 앞으로
나아 와

자기 죄를 고하듯이
무릎을 꿇고
음식물을 토해 낸다

지하철 교대역 주변은 밤이면 직장인들이 술을 마시기 위해 모여드는 곳이다. 퇴근길에 술 한잔하기 좋은 환경이다. 전봇대는 말없이 그들을 보고 있다. 아니, 기다리고 있다. 사람들은 마음에 묻혀 있던 얘기들을 나누면서 밤을 보낸다. 밤이 깊어 모든 것을 마감해야 하는 때가 되면, 어떤 이들은 전봇대 앞으로 나아와 마치 죄를 고백하는 자세로 무릎을 꿇고 음식물을 토해 낸다. 그렇게라도 해야 삶의 위안을 받기 때문일까.

오십칠 세 어느 불면의 밤

남도 속이고
나도 속인 것 같은
미안한 오십육 년이 지나고

갑자기 늙어버린 얼굴과
성성해진 머리가
불면처럼 찾아와
진실을 속삭인다

내 자랑이었던
내 사랑이었던 똑똑함의 실체가
어린 생각에 불과했음을
어리석은 생각에 불과했음을

톡톡 튀던 아이디어들이 사실은
사람들을 톡톡 건드리던 칼날이었음을

왕관처럼 빛나야 할 백발의 영광을 먹칠하듯
매달 정해진 날을 택해 염색을 하며
나이 어림을
나의 어리석음을 뽐내지 않았었던가

문득
알츠하이머 병으로 생을 마감한
로널드 레이건을 떠올리며

그의 마지막은 Happy 했을까
마지막을 인식하지 못한 것이 다행이었을까

괜스레 상관도 없는 남의 일을 걱정하며
뻑뻑한 눈을 끔뻑여 본다

내가 들어 올리고 싶었던

승리의 깃발이
물에 젖은 새앙쥐처럼
건져 올려진다 할지라도

포기할 때
그것은 승리

새벽 동이 텄으니
이제는 불면의 밤이 아니라
아침형 인간의 첫 시간이라고

또 한 번 속일 뻔한
속을 뻔한 나를 두고

노인됨을 축하하는
직박구리 한 쌍의 축복송을 들으며
실로 오랜만에 돌아와
무릎을 꿇고
감사의 기도를 올린다

나에게 57세의 의미는 각별했다. 56세까지만 해도 나이가 주는 의미를 잘 몰랐던 것이 사실이다. 그러다가 57세가 되니 모든 것이 달라져 보였다. 나이 들었다는 것을 실감하기 시작했다. 56년간의 삶을 어떻게 정의할까. 나도 속고 남도 속은 세월이 아니었을까. 이때 비로소 본질적인 질문을 던지기 시작했다. 살아있는 것만으로 감사한 마음으로 57세를 바라본다.

겸손

온 세상을 바꾸고 싶을 때
그것은 온 세상이
내가 바뀌기를 바라는 때

나 자신을 객관적으로 본다는 것이 얼마나 어려운 것인가. 인간은 기본적으로 이기적이기에 자기중심으로 세상을 볼 수밖에 없다. 그래서 객관적인 시각을 갖기가 쉽지 않다. 세상이 나를 불편하게 할 때, 그때가 바로 나의 한계 상황이라는 것을 알아야 한다. 내가 변해야 할 때다.

미어캣 우정

친구의 부음이
검은 새처럼 날아오면

우리는 미어캣처럼
서로의 얼굴을 쳐다보다가

우정이라는 굴 속으로
몸을 숨긴다

어쩌다 그렇게 됐다니
너도 건강 잘 챙겨라

영정사진 속 친구도 함께
웃어 주는 문상 술자리

소속감으로
안도감으로

우리는 웃음꽃을 피우며

검은 새가 멀리 사라지기를
바라고 있었는지 모른다

그러다
그 새가 날아가고 그리고
잊혀지면

우리는 미어캣처럼
카톡방으로 돌아와

끊겼던 얘기를
다시 시작한다

다들 어떻게 지내냐
우리 술이나 한잔할까

인생은 산 자들의 축제다. 죽은 자들에 대해 슬퍼하지만, 잠시의 슬픔일 뿐. 죽은 자도 슬퍼하지 아니하고, 산 자도 슬픔을 잊어야 하는 그런 이별이 죽음이다.

그대가 옳네

회사를 만들고
명함을 파면
사장이 되는 줄 알았다

겉모양이 아니라
내면이 준비되어 있지 않으면
아직 아니라는 것을
깨닫지 못했다

어느 날
내 모든 가치관을 전면 부정하는 것이
첫걸음이라는 것을 깨닫게 되었다

내 고집대로
내 아집대로 살아온 인생을
되돌아보는 계기가 되었다

내 생각을 버리고
남의 생각을 받아들이기까지

남의 생각을 받아들이는 것이
편안해지기까지

심장이 아프고
밤잠을 못 자고
늙어지는
세월을 보내야 했다

그대가 옳네

이 말 한마디가 나오기까지
참 많은 세월이 지났다

인간의 가장 위대한 감정은 회개의 감정이라고 한다. 회개는 나를 부정하고 나 아닌 다른 사람 또는 존재를 인정하는 것으로부터 시작된다. '그대가 옳네'라는 말이 바로 그런 것이다. 나를 부정하고 상대방을 인정하는 이 말이야말로 우리의 삶의 진실을 마주하게 만드는 말이 아닐까.

길에서 본 고양이 한 마리

저 자는

몰락한 왕가의 후예인가 아니면
어느 정글 창성한 부족에서 도망쳐 나온
명예로운 죽음 대신
쓸쓸한 자유를 택한 전사인가

따스한 햇살 속에 누워 늘어져
고개만 곧추세우고 던지는
무심한
도도한 시선을 보니

거리낄 것 없이 풍요로웠던 족속의
몸에 밴 거만함이로구나

내 비록 무리를 떠나

인간의 알량한 동정을 받으며 살지라도
내 몸 안에 흐르는
야수의 본능을 잊지 않으리

낯선 소리에 귀를 세우고
발톱을 세우고

이제는 각자의 길을 가야 한다는 듯
인사할 겨를도 없이

무심하게
자신의 세계 속으로
사라져 간 길고양이

길호랑이

출근길에 보면 고양이 서너 마리가 모여 있는데, 그중에 아주 넉살 좋은 놈이 있다. 이놈은 사람의 손길을 두려워하지 않는다. 오히려 사람들이 만져 주는 것을 즐기는 놈이다. 그의 자태를 보면, 원래 야수였는데 뭔지 모를 이유로 이곳까지 흘러와 인간과 살게 되었다는 상상을 하게 된다. 마치, 부족의 위험한 명예를 피해 도망친 부족장의 아들처럼. 그런 그가 작은 호랑이처럼 보였다.

서울교대 세렝게티

어스름한 저녁
서울교대 운동장을 걷는다

아프리카 세렝게티처럼
사람들이 운동장을 돈다

배고픈 사자가 달리기 시작한다

내 앞에서 도망가는 저놈은
나의 먹이가 되어야 한다

집에 남기고 온 새끼들의
배고픔을 달래기 위해

근육의 모든 에너지를 쏟아
저놈을 잡아야 한다

놀란 톰슨가젤이 달린다

내 뒤에 쫓아 오는 놈은
빠르다
강하다

내가 잡히면
동료들에게는 한동안
평온이 찾아오겠지만

나는 살기 위해
죽도록
달려야 한다

저녁 으스름한 시간에 서울교대 운동장을 거닐면서 느낀 것을 쓴 시다. 서울교대 운동장은 저녁이면 많은 사람들이 산책을 한다. 운동장을 빙빙 도는 모습이 마치 세렝게티 초 원을 닮았다. 그곳에서 물고자 하는 사자와 물리기를 원치 않는 톰슨가젤의 모습을 상상해 봤다.

월요일 아침 PC를 켜며

월요일 아침
책상에 앉아 PC를 켠다

새로운 우주가
부팅되는 것을 기다리며

시인이
파란 녹이 낀 구리거울을 보듯이
그렇게
모니터를 바라본다

모니터가 무광이라서
욕된 나의 얼굴을
자세히 볼 수 없는 것이
다행인지 모른다

이 하루가

나의 고집이 무너지는 하루가 되길

나의 아집이 부서지는 하루가 되길

문득, 오늘 아침 출근길

누구의 참회의 눈물이 있었기에

하늘이 그리 파랗게

말갛게 씻겨 있었을까

사장실 밖

지각하며 바삐 들어오는 직원들을

마음으로 용서하며 아니

감사해 하며

아침을 시작하는

첫 이메일을 연다

회사는 나의 모난 부분을 깎아 주는 소중한 존재가 되었다. 나의 고집과 아집이 꺾이지 않고서는 회사를 운영할 수 없기 때문이다. 매일매일이 나의 정체성을 새롭게 하는 시간이다. 월요일 아침이면 마음속에 자란 뾰족한 뿔을 깎고 한 주를 시작한다.

II

쌀
뜨
물

야속한 안경

그간 잘 써 왔던 안경이
야속하다

가까운 것만 보려는
이기적 근시를
먼 곳까지 눈 뜨게 해 준 고마운 안경

호호 불어가며 매일 닦고
잘 때 호위무사처럼
내 곁을 떠나지 못하게 했던 안경

그런 안경이
복받치는 눈물이 시야를 가려
남이 볼까 얼른 닦아내고 싶은 내 마음을
알아주지 않는 것 같으니
그저 야속할 수밖에

울컥 눈물이 날 때 안경이 눈을 가려서 난처했던 적이 여러 번 있다. 남이 볼까 봐 얼른 닦고 싶지만 안경을 쓰고 있으니 눈을 감고 고개를 숙인 채 기다리는 수밖에. 이제 남의 눈을 의식하지 않을 법한 나이인데도, 눈물을 흘리는 것이 아직도 왜 이리 어색한가.

쌀뜨물

어머니는 쌀을 씻을 때
쌀알이 물에 떠 있으면
좋은 일이 생길 징조라고 하셨다

그렇게도 좋은 일이라곤 없던 시절

시름 한웅큼을 잡아 북북 씻겨내시고
꽃 시절의 추억 한웅큼을 잡아 북북 씻겨내시고
남편 기다림 한웅큼을 잡아 북북 씻겨내셨다

쌀뜨물 내리실 때
마음도 함께 흘려보내시면서

쌀을 씻을 때면 유독 말이 없으셨던
어머니를 떠올리며
외출한 아내를 대신해 저녁 쌀을 씻는다

쌀알 두어 개가 떠 있으니
오늘 혹시 좋은 일이 생기려나

고민 한웅큼을 북북 씻겨내고
어린 시절의 추억 한웅큼을 북북 씻겨내고
어머니의 그리움 한웅큼을 북북 씻겨낸다

쌀뜨물 내릴 때
그리움도 함께 흘려보내면서

아내가 외출한 저녁 혼자 쌀을 씻으며 든 생각을 옮긴 시다. 문득 옛날에 어머니가 쌀을 씻던 모습이 떠올랐다. 말없이 쌀을 북북 씻으시던 모습이 아련하다. 쌀을 씻으시면서 이 생각 저 생각 쌀뜨물에 실어서 흘려보내셨다. 그 마음이 와 닿았다. 나도 쌀을 북북 씻으며 이런 생각 저런 생각을 쌀뜨물에 실어 흘려보낸다. 내가 아내 기다리는 마음이 어머니가 남편 기다리는 그 마음이었을까.

원숭이 새끼 나무늘보

원숭이 부부는
어느 날 불을 쬐고 있다가
문득
자기들 새끼가 나무늘보라는 것을
깨달았다

원숭이 사이에서 태어났기에
당연히 원숭이인 줄로만 알았는데
아니었던 것이다

나무늘보를 날쌘 원숭이로 키우려고 했으니
자신들도 괴로웠고
새끼는 더 괴로웠던 것을 알게 되었다

원숭이 부부는 서로를 보며 울었다

그리고 그날 이후
새끼를 따라 나무늘보가 되기로
결심했다

원숭이와 비슷하나 전혀 다른 동물이 나무늘보다. 부모와 자식의 관계가 원숭이와 나무늘보의 관계와 같다. 전혀 다른 존재로 인정하기가 너무나 어려운 것이다. 많은 시행착오와 갈등을 겪고서도 해결이 안 되기도 하지만, 부모 쪽에서 마음을 바꾸고 자식을 있는 그대로 인정하면 아무것도 아닌 것이 되기도 하다. 뜨거운 불이 무엇이건 - 시련이건 아니면 깨우침이건 - 그 과정을 겪으면서 부모와 자식의 관계가 올바로 서게 되는 것이 아닐까.

소나기

쿵쾅쿵쾅
큰소리로 화를 내고

번쩍번쩍
눈초리로 할퀸 시간들을

뉘우치듯

눈물처럼
비가 내리고 있다

어느 날 보니 하늘이 컴컴해지고, 천둥이 우르릉 울리더니, 번개가 치면서, 소나기가 억세게 내렸다. 그 모습이 나의 모습 같았다. 불같이 큰소리치고, 날카로운 눈으로 매섭게 쳐다보며 화를 내다가도, 어느 때가 되면 자신을 보고 뉘우치는 마음이 생기는 나의 모습. 인생이 다 그런 거 아닐까. 그렇게 매일매일을 뉘우치면서 한 걸음 한 걸음 나아가는 것.

아내에게 선물할 그림을 그리다

아내가 외출한 사이
아내에게 선물할 그림을 그린다

된장독에서 된장을 퍼 담듯
물감을 떠서

파를 송송 썰듯
물감을 섞어

냄비 같은 캔버스에
털어놓고

슥삭 슥삭
보글 보글

아내가 깜짝 기뻐할 모습을 상상하며

그림을 그린다
그림을 요리한다

아내는 내 그림을 눈으로
맛있게 먹을 것이다

내가 그린 요리가
한 상 가득 기대를 품고
아내를 기다리고 있다
아내의 칭찬을 기다리고 있다

새삼 그림 그리기가 새로운 취미가 되었다. 아내가 외출했을 때 아내에게 줄 그림을 그리다 보면 아내가 남편을 위해 음식을 준비하는 것과 같은 느낌을 받는다. 긴장감과 설렘, 기대와 두려움, 이런 것들이 공존하는 감정이다. 아내가 돌아와 그림 평을 할 것을 생각하면 설레기도 하고 긴장도 된다. 아내가 음식을 요리할 때도 이런 느낌을 받을 것이다.

아내의 관절염

아내의 무릎에 퇴행성관절염이 걸린 것은
내가 가야 할 곳을 대신 가줬기 때문이다

아내의 어깨에 오십견이 걸린 것은
나를 위해 설거지 한 그릇이 그만큼 많았기 때문이다

내가 나의 삶을 돌아보며 처음 운 것은
마흔 중반이 다 되어서다

이제 아내를 위해 장바구니를 집어 들고
잠자리에 든 아내의 어깨를 주물러 준다

내가 포기한 반쪽이 어느덧
아내에게 가 있음을

아내가 포기한 반쪽이 어느덧
나에게 와 있음을

아내가 퇴행성 무릎 관절염에 걸려서 구부릴 때 소리가 나는 것을 듣고 큰 충격을 받았다. 건강했던 아내였기 때문이다. 무릎을 많이 사용하여 연골이 닳아서 걸리는 병이 퇴행성 무릎 관절염이다. 생각해보니, 내가 할 일을 아내가 해준 것이 많다. 미안한 마음에 시장바구니를 들어 준다고는 하지만 그것이 위로가 되겠는가.

너무 좋거나 너무 싫거나

무언가가 너무 좋거나
너무 싫으면
마음이 아프다는 것

무언가를 너무 좋아할 때
무언가를 너무 싫어할 때

눈물을 흘려 주는 누군가가 있어

내 마음의 상처를 만져 주네
내 마음의 아픔을 달래 주네

너무 좋은 것이 많거나 너무 싫은 것이 많으면 마음이 건강하지 않은 것이라고 한다. 한쪽으로 치우쳐 남에게 상처를 줄 가능성이 많다. 누군가가 애통해하고 눈물을 흘려 주기에 그런 마음을 가진 사람도 다시 돌아올 수 있다. 그 누군가 누군지는 몰라도, 그런 보이지 않는 마음이 있기에 우리가 이렇게라도 살고 있는 것이 아닐까.

어느 휴일 오후, 여우와 사자

나른한 오후

여우가
다가와 속삭인다

자기편 만들어
무언가를 꾸미려고
조용조용
속삭인다

말하는 논리가 보통이 아니다
흠잡을 데가 없다

심기가 불편한 사자가
꼬리를 내리친다
소리를 내리친다

시끄럽다고

온 세상이 다 들리도록
외쳐댄다

으르렁
으르렁

그런 사자에게 여우는
고깃덩어리처럼
생각을 툭 던져 주고는
쇼핑하러 나갔다

남자가 반드시 질 수밖에 없는 싸움이 있다면 그것은 부부 싸움이다. 남자는 근본적으로 질그릇이다. 강해 보이지만 연약하기 짝이 없다. 여자는 근본적으로 도자기다. 연약해 보이지만 강하기 그지없다. 한두 번 질그릇이 이길 수는 있어도 오래 살다 보면 그럴 수가 없는 것이 부부싸움이다.

현실이 낭만을 이긴다

현실이 낭만을 이긴다

낭만은 자기가 현실적인 줄도 모르고
낭만적인 척하다가
혼쭐이 나고서야 무릎을 꿇는다

낭만은 처음부터 낭만적이었지만
현실은 낭만을 만나고 현실적이 되었다

현실은 현실이기에
낭만은 현실에게 무릎 꿇을 수밖에 없다

그래도
현실은 낭만을 사랑한다

낭만이라는 이름의 남편과 현실이라는 이름의 아내가 만나
부부로 살아가는 모습을 시로 옮기고 싶었다. 현실은 낭만
을 사랑하지만, 낭만만으로는 살아갈 수 없기에 현실적이
될 수밖에 없다. 철없는 낭만은 사실 자신도 현실적이라는
것을 알지만, 인생의 쓴맛을 보기 전까지는 실감하지 못한
다. 낭만이 현실적으로 변할 때, 사람들은 철들었다고 하는
것 같다.

아비 부(父), 어미 모(母)

아비 부(父)를 가만히
들여다보면

아버지의 웃는
얼굴이 보인다.

늘 웃어야만 하는
아버지의 얼굴이 보인다

어미 모(母)를 가만히
들여다보면

그렇게
가만히 들여다보면

어머니의

눈물이 보인다

어머니의
눈물이 보인다

한자 아비 부(父)를 가만히 들여다보라. 눈이 있고, 웃는 입이 있다. 그렇다. 아비들은 늘 웃어야만 하는 존재다. 아비가 웃지 않으면 가족이 웃지 못한다. 어미 모(母)를 가만히 들여다보아라. 듣는 눈물이 있다. 어미는 늘 눈물을 흘리는 존재다. 어미가 가족을 위해 간절한 눈물을 흘릴 때, 가족들이 제자리로 돌아오는 것이다.

결혼

결혼은 인생의 창세기다
결혼하기 전까지는 혼돈과 흑암일 뿐
결혼하지 않고 어떻게 인생을 논하나

자식을 낳아봐야 신약이 시작된다
자식을 낳기 전까지는 구약일 뿐
자식을 길러보지 않고 어떻게 인생을 논하나

고난이 계시록을 깨닫게 한다
고난이 있기 전까지 인생은 환상일 뿐
고난 한번 안 겪어 보고 어떻게 인생을 논하나

인생은 태어나는 것으로 시작되는 것이 아니라 결혼함으로 시작되는 것이다. 그때까지의 삶은 그때를 위한 준비 기간일 뿐. 결혼으로 새로운 세상이 열린다. 자식을 낳고 기르는 것도, 고난을 겪는 것도 모두 결혼이라는 틀에서 일어나는 현상일 뿐이다. 결혼하지 않고 나이 든다는 것은 알이 부화하지 못하고 시간이 지나는 것과 같다.

III

조개
해감

철학적 물리 공식

자, 뉴턴의 제2 법칙을 설명하겠다

가속도는 작용하는 힘이 클수록 크고
또한 질량이 클수록 가속도는 작다는 법칙이다

수식으로 나타내면
f = ma 즉 힘은 질량과 가속도의 곱이 된다. 여기서
a = dv/dt 즉 가속도는 단위 시간당 속도의 변화를 나타내므로
f = m × dv/dt 이를 정리하면
f × dt = m × dv 즉 시간과 힘의 곱은 질량과 속도의 곱과 같다

거대한 항공모함도
너희들의 손으로 계속 밀고 있으면
시간에 시간이 더해져서 결국

그 큰 몸체를 움직일 수 있다는 뜻이다 알겠나

물리 시간에 느꼈던 낯선 철학적 감동이

사십 년이 지난 지금도

잊혀지지 않고 있다

고등학교 물리 시간에 배운 공식 하나가 수십 년이 지난 지금도 잊히지 않는다. 그 속에 담겨 있는 인생의 의미를 묵직하게 설명해 주시던 선생님의 얼굴이 선하다. 물리 시간에 철학자를 만난 것처럼 낯설지만, 깊은 의미를 느꼈던 순간이었다.

조개 해감

조개들에게 해감의 시간은
회개의 시간

품었던 갯벌 흙을 다 토해 내고
정결한 모습으로
마지막의 때를 준비한다

회개의 시간이 주어지는
조개는 얼마나
축복받은 생물인가

———

조개가 밥상에 오르기 위한 첫 단계가 해감이다. 조개들은
이 해감 과정을 통해 자신을 깨끗하게 정화하고, 인간의 미
각을 돋우기 위해 마음의 준비를 한다. 이렇게 마지막의 때
를 준비하는 삶이 되어야 하지 않을까. 인생의 해감은 아무
리 빨라도 빠른 게 아니리.

나무의자

네 다리를 갖게 된 나무의자는
주인을 등에 태울 때면
삐그덕 삐그덕
그들만의 언어로
기쁨을 표현한다

나무들은 숲 속에서 동물들이 움직여 지나가는 것을 보며 부러워하지 않았을까. 목재가 되어 하루하루 쓰임 받기를 기다리는 동안, 나무들은 무엇이 되길 꿈꾸었을까. 움직일 수 있게 해 주는 다리를 가진 존재는 얼마나 특별한가. 주인을 등에 태운 나무의자처럼 누군가에게 존재의 의미를 가질 때 얼마나 기쁜가.

엄지손가락

그들 중에
가장 힘센 자라서가 아니라

그들을
어루만져 주는 유일한 자이기에

엄지가 으뜸인 것이다

엄지가 언제 그들 앞에서
으스댔던 적이 있었나

엄지를 치켜세울 때
어떻게 다른 손가락들이 몸을 숙여
감사해 하는지를 보라

엄지는 다른 손가락을 어루만져 주는 역할을 한다. 늘 위로 해 주고, 어루만져 주고, 쓰다듬어 주는 역할을 한다. 그러기에 엄지를 치켜세우면, 다른 손가락들은 몸을 숙여 경의를 표한다. 그 모습이 아름답다.

넷째 손가락

무명지로 살아온 넷째 손가락에
그 세월을 생각하며
왕관을 씌워 주듯
결혼반지를 끼운다

넷째 손가락을 무명지라고 부른다. 이름이 없는 손가락이라는 뜻이다. 이름도 없이 그렇게 오랜 시간을 지내온 넷째 손가락이 애달프기도 하고 고맙기도 하다. 그런 넷째 손가락에 결혼반지를 끼운다. 이름도 없이 묵묵히 세월을 지켜온 자를 위한 명예의 왕관이다.

마음속 깊은 곳

누구나
마음속 깊은 곳에는
영원을 구하는
고요함이 있다

세상 문을 닫지 않으면
보이지 않는

오늘도
마른 땅에서 지쳐 돌아와
조용히 문을 닫고

마음속 깊은 곳에서
청량한 물을 길어 올려
마른 목을 축인다

침묵의 시간은 자기 성찰의 시간이다. 그리고 그 시간은 삶의 충전을 이루는 시간이다. 인간의 삶은 내적 에너지를 충전하지 않고는 지속적으로 유지될 수 없다. 하루의 끝자락에서 조용히 마음의 문을 닫고 자기를 돌아보며 힘을 얻는다.

말똥구리

말똥구리 한 마리가
열심히
똥을 굴리고 있다

머리를 아래로 하고
다리를 위로 해서
멋진 자세로

자기 몸집보다 큰 똥 덩어리를
이리 굴리고
저리 굴리며
크기를 불리고 있다

또 다른 말똥구리가
나타나기라도 할 참이면
똥 덩어리를 지키기 위해

죽기 살기로 싸움을 벌인다

그렇게 지킨
그렇게 불린
똥 덩어리에
말똥구리는 알을 낳고

새끼는 그 똥 덩어리를 먹고
자란다고 한다

그 말똥구리 새끼는
그의 아비가 그러했듯이
또 똥 덩어리를
굴리게 될 것이다

말똥구리에게 말똥은 인간에게 재물과 같은 것이다. 말똥구리에게 그렇게 중요하고 값진 말똥이 인간이 보기에는 얼마나 하찮은 것에 불과한가. 그런 것을 위해 목숨을 걸고 싸운다. 인간이 그러하듯이.

인사

우리가 머리를 숙여 인사한다는 것은
내 몸의 절대적 지휘부인 머리를
통째로
내어놓는 것을 의미한다

그 순간만은
상대가 내 생명을 친다 해도
받아들이겠다는 의미이다

그러므로 이것은 원래
인간이 하나님께 바치는
순종의 표현이요
겸손의 표현이었을지 모른다

그러므로
내가 오늘 누군가에게

머리 숙여 인사해야 한다면

그것은 하나님께 바치는 그 마음으로

상대를 맞이하겠다는

아름다운 결단인 것이다

머리를 내미는 행위는 매우 위험한 행위이다. 상대방의 공격에 무방비로 당할 수 있기 때문이다. 그러므로 고개를 숙여인사하는 것은 손을 벌려 무기가 없음을 표시하는 악수와는 비교가 안 될 정도의 큰 예의의 표시이다. 오늘도 겸손히머리를 숙여 상대방에게 인사를 한다.

쉽게 써지는 시

그동안 시가 잘 안 써졌던 것은
마음이 교만했기 때문입니다

마음이 낮아지지 않았기에
시가 잘 써지지 않았습니다

지금도 아름다운 시를
쓰지는 못하지만
비교적 쉽게 시를 쓸 수 있는 것은

제가 별 인생 아니라는 것을
깨달았기 때문입니다

나의 인생에 말 걸기가
편해지니 시가 잘 써집니다

내 자신에 말 걸기가
편해지니 시가 잘 써집니다

시가 잘 써지니
마음이 편합니다

어릴 때부터 시인이 되고 싶었다. 그러다 자신이 없어 꿈을 접었다. 그러다가 나 스스로에 대한 시각이 생기고 나서 다시 쓰게 되었다. 별 인생이 없다 생각이 드니, 그간 막혀 있던 마음이 열려 시를 쓰게 되었다.

인생이 괴로운 것은

인생이 괴로운 것은
불지 않기 때문이다

감춰진 네 죄를 불라

꼭 다문 입을 열기 위해
꼭 닫힌 마음을 열기 위해

인생은 원치 않는
고문을 한다

감추고 싶은 속마음을 내놔야 하는 것이 자백이다. 두려움
과 자존심을 모두 떨치고 나와야 한다. 그것이 얼마나 어려
운 일인가. 그러나 그것이 막힌 것을 뚫리게 한다. 그러기에
인생은 입을 열기 위해 여러 가지 사건을 보내는 것이다.

혼혈 랩 가수

어릴 때 친구들은
거리낌 없이
때로 흉금 없이
내 외모에 대해 얘기했지
내 외모에 대해 흉을 봤지
그것이 나에게 상처가 되는 줄도 모르고

지금 어른이 되니
그들은 마음을 감추고
더 이상 말을 하지 않네

휴, 적어도 그들이
말을 하지 않으니
나는 살 것 같애

비록 그들이 이제는

눈으로 말을 한다 해도
눈으로 흉을 본다 해도

차라리 이방인인 척하며 살 수 있었다면
좀 낫지 않았을까

하지만 나는 나의 아버지 나라말을 못해
태어나서 아버지를 한 번도 본 적이 없기 때문에

그래도 나는 나의 아버지에게 감사해
나의 이 재능이 엄마에게서 온 것 같지는 않으니까

아침에 일어나면 나는 늘 기도를 해
오늘 내가 노래 부를 때
사람들이 오직 내 노래에만 집중하길
사람들의 눈에 내 어머니의 험난했던 인생이 보이지 않기를 혼혈 랩 가수들의 노래에는 삶의 질곡이 묻어있어 마음을 아리게 한다. 이 땅에 태어난 것 자체가 괴로움일지 모른다. 사람들은 말로 하지는 않아도 눈으로 편견과 선입견을 드러낸다. 꿋꿋하게 살아가는 그들에게 박수와 격려를 보내고 싶다.

입장료 2,000원

조선 시대 조광조의 제자였던 영산보는
스승이 유배되자 세상 뜻을 버리고
전라도 담양으로 낙향하여 소쇄원이라는
정원을 꾸몄다

아름답기로 유명한 이곳은
관광지가 되어
많은 사람들이 찾고 있다

입장료는 2,000원

1972년 담양 군청에서는
정부의 가로수 시범사업의 일환으로
메타세콰이어 길을 조성하였다

20미터 이상 높이 자란 메타세콰이어 나무들이

양쪽으로 늘어선 이 길은
유명한 관광지가 되어
많은 사람들이 찾고 있다

입장료는 2,000원

여수로 올라가면
한국전쟁 때 순교한 손양원 목사의 기념관이 있다

나병 환자의 고름을 입으로 빨아내며
사랑을 실천하던 그는
믿음을 지키기 위해 죽음을 택했다
그의 두 아들도 순교했다

이곳의 입장료는 무료
아니 2,000만 원

휴가철이면 동해로, 설악산으로만 떠났던 발걸음을 이제는 남도로 돌린다. 신앙을 지킨 송양호 목사의 기념관이 여수에 있다. 관광지가 아니니 입장료가 없다. 그러한 곳에서 인생의 가장 심각한 문제인 삶과 죽음의 문제를 만나게 된다.

빼앗긴 땅의 재해석

마음속에 땅이 있다

그곳은 광활하고 숲이 우거져
풍요로운 땅

그러나 빼앗긴 땅

열등감을 앞잡이로 둔 자존심과
유혹에 넘어가 변절한 완고함과
욕심을 움켜쥔 초조함이
연합군이 되어
점령군이 되어 버티고 있는 땅

힘센 족속 앞에서
패망한 왕조의 마지막 왕처럼
소리를 질러도 대답이 없고

발을 굴러도 냉대만 있을 뿐

회복해야 할 산지가
저기 있는데

힘을 비축하자
오늘 밤은 숙면을 취하자

내일 아침 동이 트면
빼앗긴 땅을 되찾기 위해
함성을 지르며 나아가자

누구에게나 빼앗긴 마음의 땅이 있다. 열등감과 유혹과 욕심으로 빼앗긴 땅이다. 회복을 위해 힘을 저축해야 한다. 충분히 잠을 자자. 그리고 해 밝은 날에는 빼앗긴 마음을 되찾기 위해 힘차게 나서자.

연필 동화

연필들이 사는 마을에
연필들이 살고 있었다

나이가 들면 키가 주는 연필들은
말년에 대부분 몽땅 연필로
살아가야 했다

키 큰 연필들이 마을을 이끌며
평화롭게 살던 어느 날

이 전에 불만을 품고 고향을 떠났던
연필 하나가 샤프펜슬로 돌아와
마을을 지배하게 되었다

평화는 깨지고
삶은 각박해졌다

보살핌을 받던
몽땅 연필들은 언제부터인가
하나둘 사라지기 시작했고

급기야
키 큰 연필들도 하나둘
허리가 끊기는 일이 발생했다

그들은 살기 좋았던 옛날을 기억하며
힘들게
불안하게 하루하루를 살았다

그러던 어느 날
연필들이 살던 이 마을에

볼펜이 나타났다

그로부터
이 마을에는 전혀 다른
일들이 일어나는데…

아들이 어렸을 때 잠자리에서 들려줬던 이야기를 시로 옮긴 것이다. 한창 상상력을 키울 나이라서 뭔가 재미있고 드라마틱한 이야기를 들려주고 싶었다. 'Our life is a fairytale written by God's finger.' 이런 말도 있다. 잠시나마 동화에 빠졌던 기억이 새롭다.

죄와 벌

그가 단에 섰다

휜칠한 키에 듬직한 체격
사내다운 얼굴을 가진 그는
장교였다고 했다

장교로 재직 중
유부녀와 바람이 나서
그 사건을 계기로 군복을 벗고
사업을 하다 부도가 나서
사기와 횡령 혐의로
재판을 받는 중이라고 했다

한 달 반 뒤에 나올 재판 결과는 비관적이라서
판결이 나는 대로
징역을 살아야 할 것 같다고 했다

쉰일곱

늘 부재중인 아버지를 원망했던 딸은
이제야 정신 좀 차리려나 비아냥거렸고
아내는 아무 말 없이 침묵하고 있다고 했다

교인들은 죄를 지었으면 당연히
벌을 받아야 한다고 했다고 했다

저는 죄인입니다

죄를 지었으니
벌을 받는 것이 당연합니다

감옥 잘 다녀오겠습니다
그동안 감사했습니다

그때까지 안녕히 계십시오

그는 혹시나 하는 마음을 포기하게 해 준
교인들에게 진심으로 감사했다

그리고
그렇게 말할 수밖에 없었던 딸과
그렇게 아무 말도 할 수 없었던 아내에게
진심으로 미안해했다

연습하지 않은 목소리로 말하던 그가
눈물을 흘렸다

그를 아는 사람도
그에 대해 모르는 사람도
모두가 눈물을 흘렸다

자신의 죄를 받아들이고 치러야 할 대가를 치르기로 결단하는 것은 아름답다. 그 결심을 많은 사람들 앞에서 선포하는 모습이 감동을 준다. 자신의 잘못을 인정하는 것이 얼마나 어려운 일인가. 별이 되는 인생이란 이런 것이다.

빨개지는 내 얼굴

속마음이 들켰을 때
내 얼굴은 빨개집니다

아마도
어쩌다 들킨 내 마음
자꾸 들여다보지 말고
차라리 빨개진 얼굴이나 대신 보고
얼른 잊으시라고 그러는 거 아닐까요

세상을 조금 알게 된 나는
내 마음에게 말을 건넵니다

이제 그럴 필요 없다고
속마음이 드러난다고 달라질 것 없다고

그러면 내 마음이 대답합니다

알겠다고 다음부터 그렇지 않겠다고

하지만
여전히 속마음을 들키면
내 얼굴은 빨개집니다

아마도
나는 그렇게 태어났나 봅니다

내 몸이 그렇게
만들어져 있나 봅니다

나의 의지와 상관없이
내 몸이 그렇게 만들어져 있다는 사실
내 몸이 그렇게 만들어져 있다는 사실

나는 그걸 알게 되었습니다

얼굴이 빨개지는 것은 나의 오랜 고민 중의 하나였다. 속마음이 노출되면 얼굴이 빨개진다. 얼굴이 빨개지는 것은 내적 갈등이 외부로 표출되는 현상이다. 조절할 수 있는 것이 아니다. 그저 생긴 대로의 모습을 인정하고 사는 수밖에.

친구들을 떠나 보내며

떠나는 친구들에게
이별의 꽃다발을 던지듯
카톡 문자를 띄우며

잘 가라고
또 보자고
우리는 이별을 고했다

그들은 누군가의 존경 받는 아버지였고
자랑스런 남편이었다

우리는 찬란했던 젊은 날
서로의 별이 되어
번민의 밤
방황의 밤을 밝혀주곤 했다

이제는 죽음을,
구원을 이야기하지 않을 수 없는 나이가 되어

가벼운 욕을 주고받으며
술을 마실 때도

웃음 끝에,
눈길 끝에 묻어 나오는
진실의 언어를 들어야 했다

그들은 사라진 것일까 아니면
돌아간 것일까

그들이 떠났다고
우리가 남은 것일까

오늘 밤에도
별이
바람에 스치운다

친구 광호, 성기, 승천이. 한 해에 동창 세 명이 이러 저러한 이유로 세상을 떠났다. 죽음이라는 섭리는 우리를 지혜롭게 하기도 하고, 어리석게 만들기도 한다. 친구들의 죽음은 나를 돌아보는 계기가 되었다(윤동주의 '서시'에서 일부 인용).

친구

내가 고통을 받고 있을 때
슬픔의 눈물을 흘리고 있을 때

친구는 자기의 왕관을 벗어
나의 머리에 씌워 줬다

내가 고통을 받고 있을 때처럼
슬픔의 눈물을 흘리고 있을 때처럼

그렇게 인생의 독배를 든 친구에게
나는 조용히 다가가
나의 왕관을 벗어
그의 머리에 씌운다

다윗의 친구인 요나단은 자신의 왕관을 다윗에게 기꺼이 양보했다. 우정이란 왕관을 양보하는 것이다. 나도 누군가가 자기의 왕관을 벗어 줬기 때문에 여기까지 온 것 아닐까. 나도 왕관을 벗어 친구에게 씌워 줘야 할 때가 오겠지.

봄이 와서

도시에 살아서 아직 모르시나 본데
지금 시골에는 온 천지에 함박꽃이
흐드러지게 피어있다오

날씨만 따뜻해진 줄만 아시나 본데
시골 총각 마음은 벌써 뛰어 노는 노루요
아낙네 종종걸음은 참새마냥 가벼워졌다오

바람 불면 먼지만 인다고 생각하시나 본데
시골 뒷마당엔 지렁이가 꽃향기에 취해
비틀거린다고 합디다

도시에 살아서 잘 모르시나 본데
지금 시골에서는 다들 잔치를 벌일 지경이외다

봄이 와서 말이오

봄이 오면 도시는 더워지고 시골은 꽃이 핀다. 도시의 봄은
단순하고 기계적이지만 시골의 봄은 풍요롭고 인간적이다.
봄은 도시와 시골에 불공평한 축복을 내려주고 있다.

섬진강

이러니 여기서 시인이 안 나올 수 있겠나
이러니 어디 딴 데로 이사 갈 마음이 생기겠나
물고기마저 다시 돌아온다고 하지 않는가

섬진강

지리산이 남몰래 내려와
슬그머니 이야기 하나를 놓고 간 곳

시원한 나무그늘 아래 매점을 운영하는
노부부의 아무렇지도 않은 사이가 부럽다

평상에 누워 중얼중얼 노래 한 곡을 읊으며
흐르는 강물에 마음을 띄워 보내노라면

물 위로 차오르는 송어 한 마리
반짝이는 햇빛 웃음

섬진강은 아름답다. 아담하다. 수줍다. 고요하다. 포근하다.
천천히 흐르는 강물을 거슬러 숭어가 돌아오는 곳이다. 지
리산과 어우러져 완전한 자연을 이룬다. 강가 시원한 나무
그늘에 매점을 운영하는 노부부가 편안하게 지내는 곳, 그
곳에 다녀오니 내 마음에도 섬진강이 흐른다.

미간 주름

지하철을 타고 딱히 할 일이 없어 사람들을 둘러본다

나이 든 사람들의 이마에 가로로 주름이 패어있다. 패어있다고 하기는 그렇고 순하게 누워있다. 주름 골마다에 긴 스토리를 쌓으며 세월이 켜켜이 내려 앉고 있다

나이 덜 든 사람들은 미간에 세로로 주름이 패어있다. 날카롭게 서 있다고 하는 편이 맞겠다. 주름 날마다에 독기를 품고 세월과 맞서 바짝 서 있다

나도 할 수 없는 일을 만날 때 혹은 할 수밖에 없는 일을 만날 때 미간에 힘을 주는 버릇이 생겨 날선 검처럼 두 줄의 세로 주름이 생겼다. 짐승이 털을 세우듯 미간에 힘을 줘 공격적 혹은 방어적 자세를 취하며 세월에 맞섰던 흔적이겠지

그런 날선 미간 주름을 경험 많은 이마 주름이 걱
정하며 덮어주고 있다

 지하철 유리창에 비췬 내 얼굴을 보며 미소를 지어
본다. 미간 주름은 옅어지고 이마 주름은 편해진다

 저렇게 살자

이마에 생긴 주름은 가로로 누워있다. 미간에 생긴 주름은 세로로 서 있다. 이마 주름은 저절로 생기는 주름이다. 미간 주름은 힘을 줘서 생기는 주름이다. 긴장의 흔적이다. 그 긴장을 이마 주름이 풀어 주려 한다. 덮어주려 한다. 미소를 지으면 주름이 펴진다. 그렇게 살아야 할 일이다.